# DE LA CONVERSION

## DE LA

# RENTE CINQ POUR CENT.

# DE LA CONVERSION

## DE LA

# RENTE CINQ POUR CENT.

## PAR UN DÉPUTE.

Paris,

IMPRIMERIE DE GUIRAUDET ET CH. JOUAUST,

RUE SAINT-HONORÉ, 315.

1838

# DE LA CONVERSION

## DE LA

# RENTE CINQ POUR CENT.

Rien n'est propre à éclairer les questions, à les conduire à une solution raisonnable, comme de les livrer long-temps à l'avance aux débats du public, et de les y laisser long-temps suspendues. Des esprits enthousiastes elles passent ainsi aux esprits sérieux, de l'engoûment à la réflexion ; les résistances se résignent et les situations nouvelles se préparent.

C'est dans ces termes, et après cette épreuve, que la question de la conversion des rentes arrivera bientôt à la tribune. Toutefois, elle y arrive sans l'initiative du ministère, à l'encontre de sa volonté. On ajoute même qu'il laisse entrevoir qu'après avoir refusé son concours aux travaux de la commission, il pourrait, suivant telles ou telles circonstances, refuser son concours à la discussion de la Chambre, et s'y laisser condamner par défaut.

Ce serait un singulier, et j'ajoute un bien triste spectacle, que celui d'un cabinet se tenant en dehors d'une discussion aussi solennelle, s'y tenant par calcul, dans le dessein d'embarrasser une Chambre, de l'effrayer de son isolement, dans l'espoir de l'égarer au milieu du chaos des plans et des amendements, et de provoquer ainsi un nouveau témoignage de son impuissance dans l'exercice de son initiative.

Malheureusement spéculation, si on l'avait faite, que de fonder ses succès sur l'abaissement de la représentation nationale. L'honneur du ministère, son élévation, sont au prix de l'honneur et de l'élévation de la Chambre ; il ne saurait se montrer moins jaloux de la dignité de la majorité que de la sienne propre, sans encourir le reproche de n'être pas l'expression vivante de cette majorité, et d'être là pour la dominer plutôt que pour la diriger.

Que si le pays s'est égaré, ou s'est laissé égarer sur les résultats de la mesure (et le pays a bien quelques vérités à entendre sur ce chapitre) ; s'il s'en est exagéré les avantages financiers, en même temps qu'il s'en dissimulait les difficultés d'exécution, c'est alors qu'il y a une belle mission à remplir, une situation nette et franche à prendre ; c'est alors qu'il faut se féliciter de cette occasion d'apporter à la tribune la vérité tout entière, qu'il faut y provoquer la discussion la plus large, et en finir à jamais avec les illusions et les préjugés. En s'attaquant ainsi corps à corps aux difficultés, au lieu de se cacher derrière une fin de non - recevoir, le ministère donnerait du courage à ses amis et imposerait à ses adversaires.

Il a beau se promettre de ne pas faire de questions de cabinet ; elles ne sont pas toujours là où on les place, et à telle heure et tel jour on les trouve souvent toutes faites. Et, cependant, tant de combinaisons n'ont fait que passer en laissant après elles la confusion et le désordre dans les classements politiques, que je désire de toute la puissance de mes vœux qu'il travaille à sa stabilité, et qu'il en comprenne les conditions. Affligé, comme je le suis du décousu de la situation, de l'incertitude toujours croissante des esprits, dominé du besoin de remplacer des négations par des croyances, pour ma très petite part, je suis bien déterminé à soutenir ce qui est debout, et par cela seul que c'est encore debout. A la fondation d'une nouvelle monarchie on ne joue pas ainsi impunément aux portefeuilles, et les sept années qui viennent de s'écouler ont été assez laborieuses pour n'en pas gaspiller les fruits.

Quoi qu'il en soit, si le cabinet persiste dans son refus de concourir aux travaux de la commission, c'est à elle à bien se pénétrer de la situation qu'on lui a faite.

Elle est délicate : déclarer l'opportunité à ceux qui, placés au véritable point de vue, la contestent formellement ; enchaîner dans un sytème à la combinaison duquel il n'a pas participé celui qui répondra de l'exécution ; voilà certainement pour la commission une initiative qui a quelques dangers.

C'est à elle, par un projet bien étudié, qui,

sans trop sacrifier au succès de la mesure, fasse assez pour l'économie que le pays en attend ; qui, sans gêner la main qui doit exécuter, s'attache plutôt à lui donner de l'action qu'à lui imposer un mode d'action ; c'est à elle à suffir à sa tâche, à vaincre les résistances, et à déjouer les petites combinaisons.

L'état en a toujours agi un peu cavalièrement avec ses créanciers ; aussi son arbitraire d'autrefois fait-il qu'on lui conteste son droit d'aujourd'hui.

De là pour lui l'obligation ( en expiation des expédients à la turque de l'abbé Terray, et du conventionnel Cambon ) d'agir avec d'autant plus de ménagement, qu'il est plus puissant et qu'on le suppose plus arbitraire.

Dans l'opération du remboursement ou de la conversion, que dit l'état à ses créanciers ? « Je vous dois ; depuis long-temps j'ai offre de capitaux à un intérêt inférieur à celui que je vous paie ; cette différence est soldée par les contribuables, à qui, avant tous autres, je dois ma sollicitude : acceptez les mêmes conditions ou recevez votre remboursement. »

Si ce remboursement peut être sérieusement

effectué dans un temps donné, si le chiffre du nouvel intérêt qu'il propose est bien l'expression sincère et dès long-temps constatée du loyer des capitaux ; si rien n'a été fait pour forcer le cours des choses ; si enfin les rentiers, solennellement avertis chaque année depuis 1833, n'ont pas à se plaindre d'avoir été traqués à l'improviste dans un défilé sans issue, comment contester l'équité et la loyauté de la mesure ?

Qu'on se rappelle la conversion de 1824, véritable coup de main tenté sur les rentiers par M. de Villèle, et on appréciera la différence qui caractérise les deux situations.

En 1824, six mois s'étaient à peine écoulés depuis un emprunt négocié en 5 pour cent au taux de 89 (soit 5 trois quarts d'intérêts ). En 1824 ce n'était qu'à grands renforts des banquiers et receveurs généraux, qu'en mettant à profit cette fièvre de hausse qui dominait toutes les bourses et toutes les places de commerce, et qui fut si durement expiée en 1825 et 1826, qu'on était parvenu à porter le 5 pour cent à 102 fr.

Les contractants du dernier emprunt, engagés en même temps dans la grande compagnie financière de la conversion, avaient un double intérêt à cette surexcitation : d'un côté, ils réalisaient d'énormes bénéfices sur l'emprunt contracté à 89; de l'autre, ils s'en préparaient de nouveaux dans la grande affaire confiée à leur exploitation, en soutenant à la bourse, de leurs capitaux, les arguments que le ministre soutenait à la tribune, et en maintenant la rente au dessus du pair, pour le besoin de sa cause, qui était devenue la leur. Quelques mois auparavant ils avaient donné 89 francs, on leur rendait 100 francs, et on leur échangeait ces 100 francs contre du 3 pour cent à 75, qu'ils avaient déjà engagé sur diverses places de l'Europe à 81.

M. de Villèle, attaqué à la tribune sur l'augmentation du capital dont son système grevait l'avenir, pressé d'emprunter sous la forme de 4 pour cent au pair, avouait *que dans ce moment-là il lui aurait été impossible de réaliser un emprunt un peu considérable en 5 pour cent au pair*, et que ce n'était qu'à l'aide du 3 pour cent donné à 75 qu'il pouvait contracter à 4 pour cent, et voilà ce qu'on appelait alors *l'intérêt descendu en France à 4 pour cent*.

Voilà la situation de 1824; voyons celle de

1838 : le 5 pour cent comprimé à 110 par des menaces de remboursement qui sont sans cesse reproduites depuis 1833 ;

Un fonds 4 et demi à 104 , déclaré remboursable en 1835 par sa constitution.

Un fonds 4 pour cent au dessus du pair, et déjà négocié à 102 lors de son émission.

Un fonds à 3 pour cent à 80 francs.

Trois fonds qui n'existaient pas alors, et qui sont la constatation la plus irrécusable du pas que le crédit public a fait depuis cette époque.

Mentionnons encore les actions de la banque de France , cotées aujourd'hui à 2,660 fr. , et en 1824 à 1990 fr.

Le report à 20 centimes , et non plus à un franc , comme en 1824.

Et concluons de ces rapprochements qu'autant la conversion en 1824 était une mesure prématurée, autant, en 1838, elle est justifiée et commandée. Tel alors a pu l'improuver qui aujourd'hui la conseille sans être en contradiction avec son passé. Je ne parle ici que des hommes qui font des finances ; quant à ceux qui ne font que de la politique, on serait mal venu de leur demander d'être conséquents.

Toutefois, la conversion renferme-t-elle tous les biens qu'on a voulu en faire découler? Les capitaux vont-ils quitter la bourse pour les provinces? Les tribulations des emprunteurs hypothécaires vont-elles avoir un terme? Les propriétés immobilières vont-elles doubler de valeur? Je laisse à ceux qui ont entretenu de pareilles illusions, et qui en entretiendront bien d'autres aussi long-temps qu'on voudra les croire, le soin de consoler tous les mécomptes qu'ils auraient provoqués.

La conversion aura peu d'influence sur le taux de l'intérêt : ce taux n'a de régulateur véritable que la différence qui existe entre les chiffres des capitaux disponibles et offerts, et les chiffres des capitaux réclamés par le besoin de l'époque. Je parle ici de toutes les valeurs mobilières, parmi lesquelles le capital *numéraire* ne joue qu'un rôle bien inférieur à celui que généralement on lui attribue.

Chaque année qui finit, dans un pays en progrès, laisse plus de richesses accumulées qu'elle n'en a trouvé à son début ; chacun a capitalisé, les uns sous forme de matières premières, les autres sous forme de marchandises fabriquées ;

ceux-là sous forme de machines et d'outils ,
ceux-là sous forme de numéraire ; et en définitive , l'inventaire général du pays se balance
par un solde en faveur du compte *profits* et
*pertes*. Je parle ici d'un pays en voie de rapides
progrès.

Ou ce pays a suffisamment de capitaux pour
son usage , et alors cette addition , faisant con-
currence à ceux déjà donnés à loyer, en fait
baisser le prix ;

Ou le pays voit surgir de nouvelles industries
qui absorbent ces nouveaux capitaux à mesure
de leur production dans une proportion régu-
lière , et le taux de l'intérêt reste stationnaire ;

Ou , enfin , les emplois des capitaux s'ouvrent
plus vite qu'on ne les peut remplir ; une acti-
vité dévorante des corps et des esprits appelle
sans cesse ces outils de la production toujours
en retard à sa voix , et alors le taux de l'intérêt
peut augmenter au milieu de la prospérité générale.

Voilà toute la science qui régit cette matière.
Un gouvernement aura beau insérer dans ses
codes un tarif au dessus duquel le prêt sera flétri
d'usure, il aura beau par des manœuvres finan-

cières, se faire prêter à 4 un argent qui vaudrait
5 fr., ainsi que fit M. de Villèle, en appliquant, en
1824, au 3 pour cent un amortissement démesu-
rément grossi, il ne changera rien à la nature des
choses, et, dans les transactions particulières ,
l'intérêt se fixera toujours en dehors de ses pré-
tentions, en dehors de ses prescriptions, et sans
autre base que celle qui règle en ce monde le
cours de toutes les valeurs, *la différence entre
l'offre et la demande.*

Je ne saurais donc me laisser éblouir par cette
grande fantasmagorie du *crédit public ;* je ne
saurais regarder le *crédit public* comme le régulateur de l'intérêt ; je ne saurais reconnaître que
l'état, en sa qualité du plus grand emprunteur,
puisse faire le cours pour les autres comme
pour lui. Non seulement il ne l'a jamais réglé,
mais souvent même il n'en a que très imparfai-
tement indiqué les différentes phases , et ses
indications ont été en contradiction avec la
prospérité commerciale.

Voici des faits : le 3 pour cent anglais était à
107 en 1737; il était à 93 en 1763, 1768, 1792;
il était à 96 en 1824, et le voilà aujourd'hui, en
1838, à 92.

Qui oserait prétendre cependant que la richesse de l'Angleterre ait diminué? qui oserait
prétendre qu'elle n'a pas triplé ou quadruplé entre la première et la dernière de ces époques?

Entre le chiffre de 96 pour 1824, et le 92
pour 1838, il a été fait, cependant, trois réduc-
tions :

La première en 1822, sur 140,250,828 L. st.
de 5 pour cent, convertis en 147,263,328 L. st.
4 pour cent.

La seconde en 1824, sur 76,806,882 L. st.,
convertis en 3 et demi au même capital.

La troisième en 1830, sur le fonds déjà réduit
en 1822, et converti de nouveau de 4 en 3 et
demi.

Voilà certes de gigantesques opérations faites
en amélioration *du crédit public*, et conduites
avec succès, dans un pays dont la prospérité commerciale est toujours croissante.

Le thermomètre de la bourse, s'il est un si
puissant régulateur, s'il est un si parfait indica-
teur, a dû nécessairement hausser au fur et à
mesure de cette prospérité ; consultons-le : il y
a quinze ans, il marquait 96, aujourd'hui il ne
marque plus que 92. . . . . . . . . . . . . .

En rentrant dans le vrai, en se préoccupant moins de cette théorie du *crédit public*, ce fait trouve une explication toute naturelle. Pendant long-temps les fonds publics ont été en Angleterre comme ailleurs la grande caisse d'épargne où se capitalisaient les économies; il s'est ouvert, depuis, une foule de nouveaux emplois qui, leur disputant ces économies, en ont maintenu le loyer ; quelquefois même ces emplois se sont produits plus vite que les capitaux ne se formaient ; d'où une dernière conclusion : *c'est que le progrès et la richesse des nations ne sont pas toujours en raison directe de l'abaissement du taux de l'intérêt.*

Si la conversion ne doit pas répondre aux illusions dont on a bercé le pays, pourquoi pousser si vivement à la mesure, quand l'opportunité en est contestée par le ministère? Quel en est le grand intérêt?

L'économie d'abord, le soin des intérêts des contribuables, le désir de ne pas les faire emprunter à 5 ce qu'ils peuvent emprunter à 4 : car, en définitive, si le rentier reçoit en France un pour cent de plus qu'on ne lui doit, la somme est prise dans la poche des contribuables, et il est beaucoup plus injuste de la leur prendre pour la donner aux rentiers, que de la retrancher à ceux-là, si on trouve prêteurs à meilleures conditions.

En fait de pitié et de ménagements, si la question doit se poser sur ce terrain, se décider par ces considérations, je crois que l'on sera généralement disposé à donner la priorité à ceux qui paient sur ceux qui reçoivent.

Une incertitude à résoudre ; un parti à prendre sur la position des rentiers constamment menacée ; le terrain ministériel à débarrasser d'une question qui, à tort ou à raison, préoccupe vivement le pays, et pourrait passer, comme en février 1836, des finances à la politique ; un amortissement à remettre dans les voies régulières de sa destination, voilà, ce me semble, en dehors de la puissante raison économique, des motifs non moins puissants pour décider le cabinet à ne pas reculer plus long-temps devant cette difficulté, à s'y attaquer corps à corps, et en triompher à coup sûr : car il la trouvera bien moins grosse qu'on ne la lui a faite.

Si c'est dans l'intérêt de sa situation personnelle qu'il recule devant une semblable résolution (c'est son secret, et je ne m'en enquière point), je crois qu'il en apprécie mal les nécessités, et qu'il puiserait des forces là où il craint de s'affaiblir.

Si c'est dans l'intérêt de la situation générale, il aura à apporter à la chambre, contre l'opportunité politique et financière, des arguments plus concluants que ceux qu'il a fait valoir dans le sein de la commission.

Des encaisses énormes laissés sans emploi au trésor par *la réserve de l'amortissement* ; de la facilité de faire un approvisionnement momentané de capitaux obtenus à bas intérêt par le canal *de la dette flottante* ; de la certitude de trouver à la Banque de France les ressources les plus larges ; de la prudence et de la bonne position du commerce français ; de l'abondance des capitaux en général ; rien n'a été contesté, rien n'a été démenti : seulement on a parlé de l'Espagne, on a parlé de l'Amérique.

L'Espagne !... Je concevrais qu'on se défendît de faire marcher la conversion parallèlement avec des idées d'intervention ou de coopération.

Elle a besoin pour s'accomplir d'un système moins compromettant, d'un avenir moins équivoque, et c'est par cela même que le cabinet actuel a su se garder de ces velléités guerroyantes, qu'il est plus qu'un autre en position de conjurer toute perturbation européenne.

Les États-Unis d'Amérique!... Mais en admettant, ce que je vois généralement contester, que la crise commerciale se réveille dans les banques de l'Union avec une nouvelle intensité, il faut se demander quelle portée politique ,financière et commerciale, cette prétendue recrudescence peut avoir sur les affaires de notre pays ; il faut aller au fond des choses , et ne pas s'arrêter à des fantômes.

Notre commerce est beaucoup moins compromis qu'il ne l'était il y a 18 mois avec les États Unis; depuis la crise de 1836 , il a beaucoup retiré, il a peu envoyé, et en envoyant il a mieux étudié les nouveaux crédits qu'il ouvrait.

Si les états de l'Union donnent une grande leçon aux peuples avides et impatients, s'ils expient durement les séductions de leur *monnaie-papier*, et l'abandon de leurs cultures primordiales pour des travaux publics anticipés, leur liquidation n'est plus du moins aujourd'hui qu'un travail d'intérieur , qui ne saurait compromettre les intérêts du dehors ; ce n'est plus pour eux qu'une question de temps , et avec une production aussi vigoureuse que la leur , il est facile d'en prévoir le terme.

Au reste , pour apprécier cette nouvelle crise que l'on signale , il faut rechercher si l'Angleterre, toujours si fortement engagée avec l'Amérique, s'en est émue comme de la première.

En 1836 , à l'époque de la première , le 3 pour cent était tombé, à Londres, de 91 à 87; la réserve de la banque était réduite à 105 millions, la banque avait élevé le taux de ses escomptes de 4 à 5, le gouvernement de 2 et demi à 4 l'intérêt des billets de l'échiquier, et toutes les affaires étaient suspendues.

Aujourd'hui elles y sont actives : l'escompte est revenu à son taux ordinaire , l'argent est abondant , les 3 pour cent se font à 92, la réserve de la banque dépasse 250 millions.

Il faut donc que le ministère cherche des arguments plus spécieux pour combattre l'opportunité, car il est fort douteux que la Chambre se tienne pour satisfaite de ceux-là.

Sans doute elle n'exige pas qu'on brave en casse-cou toutes les éventualités; elle ne prétend pas imposer au ministre des finances la périlleuse mission de s'attaquer en un seul choc à une masse de 147 millions de rente, le constituer dans l'obligation, pour appuyer cette attaque, de nourrir chèrement une réserve de numéraire enlevé à toutes les places de commerce, et de s'entourer d'un cortége de banquiers coalisés à la hausse : elle n'ignore pas que, malgré tous ces coûteux préparatifs, tel gros événement, en dehors des calculs de la prudence, tombant au milieu de la mesure, pourrait, si elle était entreprise sur ces bases, la faire échouer, et en dégoûter à jamais les plus intrépides.

Mais elle sait aussi qu'en se tenant dans les limites les plus strictes de son droit, l'état comme tout autre débiteur de rentes par contrat n'est pas obligé de rembourser tous ses créanciers au même jour et à la même heure ; qu'en divisant en séries tirées au sort le remboursement de ceux qui l'auront demandé, l'opération peut se suspendre et se reprendre à volonté suivant les événements, sans affecter la marche des choses ou en être affectée.

En invoquant ce droit, l'état ne renoncera pas à d'autres ménagements envers ses créanciers. Sa haute position les lui commande; il serait dur en n'étant que juste. Il doit éviter le déclassement, aussi soigneusement que le concours des grandes compagnies financières. Il l'évitera en faisant de bonnes conditions aux prêteurs actuels, en leur offrant, par exemple, de prendre leur rente pour tout le capital qu'ils pourraient réaliser à la bourse, et leur donnant en échange, sous forme d'un fonds nouveau au dessous du pair, plus de revenus qu'ils n'en obtiendraient d'un remplacement en 3 pour cent au cours actuel. Que si, pour satisfaire à ceux qui tiennent avant tout à ne pas déranger leur existence, on leur laisse pour un temps donné leur revenu intégral à 5 pour cent, avec condition d'être réduit ensuite à 4 pour cent sous une forme ou une autre, on aura fait face à toutes les exigences de la situation, et cette mesure, devant laquelle on reculait d'effroi, se bornera à un simple échange de titres.

18 à 19 millions d'économie annuelle, voilà les résultats que l'on peut s'en promettre ; et lors même que la conversion en 3 et demi, si on l'adopte, nécessiterait l'inscription au grand-livre d'une augmentation de capital de 4 à 500

millions, il ne faudrait pas attacher à cette augmentation plus d'importance qu'elle n'en mérite.

Qu'est-ce qu'un capital dont on ne sert pas l'intérêt, dont le remboursement n'est jamais exigible, dont le rachat successif s'opère par le mécanisme de l'amortissement bien au dessous du cours d'émission, quand on les compare à une économie tous les ans réalisée? Les chiffres, si on les consulte, parlent encore plus haut que le raisonnement, et celui qui en voudra faire arrivera à ce résultat sans réplique : que l'état, appliquant l'économie de la conversion à un accroissement d'amortissement, au lieu d'en soulager le budget, abrégerait de plus de quatre ans le terme de sa libération.

L'amortissement est un moyen de libération gradué, sans efforts, et cependant bien énergique et bien prompt quand on ne le dépossède pas des rentes rachetées. En même temps qu'il ajoute une valeur nouvelle au titre du prêteur, il lui garantit dans les moments difficiles un acheteur de tous les jours.

Comme moyen de libération, je sais bien qu'il a peu d'importance aux yeux de certains

esprits tentés de considérer la dette publique
comme un accroissement de richesses, les in-
scriptions de rentes comme des capitaux , et le
grand - livre , par conséquent , comme une
mine féconde et inépuisable ; pour eux , les
affaires des particuliers bons ménagers et habiles
administrateurs de leur fortune se gèrent par
des principes financiers beaucoup trop étroits,
beaucoup trop mesquins pour un gouvernement.
Si les darticuliers agissent sagement en liqui-
dant leurs dettes , il est bien, à leurs yeux, que
les états s'appliquent à en conserver une ; c'est
une nécessité constitutive *du crédit public* , c'est
de bon goût pour un gouvernement représen-
tatif.

Et cependant il y a tant d'occasions de l'ac-
croître, si peu de l'éteindre ; les dépenses sont
si commodes, si douces ; l'économie est chose si
laborieuse, qu'après avoir pratiqué si long-temps
et si exclusivement le système qui consiste à
faire des dettes , on pourrait , sans se compromettre , essayer avec un peu plus de persévé-
rance du système qui consiste à les payer. Si à
la longue l'expérience le condamne, s'il faut re-
venir au premier, ne soyons pas inquiets des

moyens : l'Afrique est toujours là, et nous n'avons pas encore été à Tombouctou.

On doit prévoir qu'à l'occasion de la conversion, l'amortissement sera l'objet de plus d'une attaque dans la Chambre ; quelques uns demanderont qu'on le supprime, et d'autres qu'on le restreigne. Quant à moi, toute proposition qui aboutirait à l'un ou à l'autre de ces résultats me paraîtrait le plus triste passeport que l'on pût donner à la mesure de la conversion, et me ferait faire aussitôt un changement de front.

On citera peut-être l'Angleterre, qui, lasse de violer, sous tous prétextes et à toute occasion, ce principe qu'elle s'était posé, a trouvé plus expédient de le rayer de son *Credo* financier. On redira avec raison qu'il n'y a de véritable amortissement que *l'excédant des recettes sur les dépenses ;* mais on oubliera que les ministres, quels qu'ils soient, ont toujours, et de la meilleure foi du monde, une dépense toute prête à proposer pour chaque recette nouvelle ; qu'ils ont toujours à leur service les arguments les plus pressants, l'urgence la mieux démontrée pour la justifier ; qu'ils ne sont pas, au reste, plus reprochables de ce fait que les législatures qui en acceptent la complicité, toujours dans des vues d'intérêt public plus ou moins bien apprécié; que la libération, quand elle ne sera que volontaire, quand elle cessera d'être inscrite comme contrainte et forcée en tête du premier chapitre des dépenses publiques, ne rencontrera jamais un seul *excédant disponible;* et enfin que des années de prospérité qui n'auront point allégé le grand-livre laisseront à d'autres moins prospères le soin de le grever encore.

On dira encore que l'amortissement, à titre de mécanisme financier, n'a jamais prévenu une baisse, n'a jamais fait une hausse. D'accord sur le premier point, je ne saurais m'empêcher de contester le second. Indépendamment de l'influence qu'exerce sur ce qu'on appelle le *crédit public* la confiance qu'on a dans l'avenir d'un pays, dans les hommes et les principes qui président à la direction de ses affaires, indépendamment de cette action morale n'y a-t-il pas l'action matérielle de l'amortissement, qui consiste à rehausser la valeur des effets publics à mesure qu'ils deviennent plus rares, à les rendre plus demandés à mesure qu'ils sont moins offerts. Pourquoi donc, si ce mécanisme est si impuissant, si usé, vos prêteurs y attachent-ils tant de prix? Pourquoi est-ce une des premières clauses du crédit qu'ils vous accordent? Pourquoi se relâcheront-ils sur d'autres conditions en faveur de celle-là? Si c'est une illusion de leur part, elle vous est assez profitable pour que vous mettiez tous vos soins à l'entretenir. Gardez donc votre science, et laissez-leur une erreur dont vous tirez si bien parti.

Le maintien de l'amortissement actuel, comme clause du nouveau contrat qui sera fait avec les rentiers, me semble donc à la fois une mesure de justice, de prévoyance et de bonne administration financière. Pour complément et dans les mêmes principes, je voudrais que l'économie annuelle de 18 millions reçût d'avance, et par la même loi, une affectation spéciale et obligatoire. Je ne saurais perdre de vue que, la conversion faite en rentes au dessous du pair, il n'y aura plus *de réserve de l'amortissement* pour les grands travaux publics ; que cette réserve où ils venaient puiser en vertu de la loi de 1837 va tout à coup leur faire défaut , et que ou ils tomberont à la charge du crédit, ou ils resteront suspendus.

Continuer d'inscrire ces 18 millions économisés au chapitre de la dette, avec affectation *aux travaux publics*, me paraîtrait dans cette circonstance le meilleur éloge de la conversion et la plus réelle satisfaction donnée aux contribuables. Il y a tel autre emploi bien *glorieux* qui me ferait regretter, quant à moi, qu'on ne les eût pas laissés à leurs paisibles possesseurs.

En résumé, la mesure de la conversion se recommande à la Chambre plutôt par les difficultés qu'elle est appelée à solder, les incertitudes qu'elle doit finir, que par des avantages qui lui soient propres. De bons esprits ont pu se demander si, dans le cas où elle sommeillerait encore, on devrait la soulever ; mais nous n'en sommes plus là, et il faut prendre les choses au point où elles sont arrivées.

Elle ne sera pas pour le pays une occasion de richesses, car elle n'agit pas par voie de *création*, et n'agit que par voie de *déplacement*. Toutefois je me hâte de dire que le déplacement est légitime, puisqu'il réintègre aux mains des contribuables ce qui leur appartient et n'enlève aux rentiers que ce qu'on leur payait de trop.

Lors de la conversion anglaise en 1822, le

chancelier de l'échiquier donna le premier avis aux porteurs des rentes le 22 février, le 25 la communication fut portée aux Chambres, du 4 au 16 mars l'option des rentiers fut connue, et le 18 l'opération était terminée. Le capital converti dépassait 4 milliards.

Nous n'irons pas si vite en besogne ; toutefois la mesure sera d'autant meilleure qu'elle aura été plus rapidement exécutée et que la bourse y sera restée étrangère.

On a dit quelquefois que les désastres de bourse ne détruisaient pas *un seul atome de la richesse publique*. Les désastres de bourse, compensés qu'ils sont par les bénéfices qui les balancent, ne sont que des échanges de situation entre des vendeurs et des achateurs fictifs ; mais si de sérieuses opérations sur les fonds publics tentées par de grands capitalistes avaient une fâcheuse issue, il s'en pourrait suivre un ébranlement général sur la place, et en France un grand resserrement du crédit et de la production : consommer sans produits nouveaux, ou avec des produits amoindris, c'est consommer aux dépens *de la richesse publique.*

Au prix de pareilles éventualités, la conversion trouverait ses partisans bien ébranlés ; mais elles ne sauraient être que dans les craintes de ceux qui veulent indéfiniment éloigner la mesure. Avec le classement par séries, et de bonnes conditions accordées aux rentiers , la conversion ne sera , je le répète , qu'un simple échange de titre, à l'abri de la bonne ou mauvaise influence de grandes compagnies financières.

Un seul mot encore au ministère, qui , dans cette question, se pose mal , marche au rebours de la Chambre , et sans intelligence de sa situation.

Je le crois mal inspiré.

J'ignore si le fantôme de la *coalition* a jamais troublé le repos de ses nuits; mais , en vérité, je serais tenté de croire qu'au milieu d'une vision , il lui a soufflé ce perfide conseil.

FIN.